가슴에 흐르는 강

가슴에 흐르는 강

발행일	2020년 9월 23일		
지은이	김성용		
펴낸이	손형국		
펴낸곳	(주)북랩		
편집인	선일영	편집	정두철, 윤성아, 최승헌, 이예지, 최예원
디자인	이현수, 김민하, 한수희, 김윤주, 허지혜	제작	박기성, 황동현, 구성우, 권태련
마케팅	김회란, 박진관, 장은별		
출판등록	2004. 12. 1(제2012-000051호)		
주소	서울특별시 금천구 가산디지털 1로 168, 우림라이온스밸리 B동 B113~114호, C동 B101호		
홈페이지	www.book.co.kr		
전화번호	(02)2026-5777	팩스	(02)2026-5747

ISBN   979-11-6539-410-3 03810 (종이책)   979-11-6539-411-0 05810 (전자책)

이 도서의 국립중앙도서관 출판예정도서목록(CIP)은 서지정보유통지원시스템 홈페이지(http://seoji.nl.go.kr)와
국가자료공동목록시스템(http://www.nl.go.kr/kolisnet)에서 이용하실 수 있습니다.
(CIP제어번호: CIP2020040528)

(주)북랩 성공출판의 파트너

북랩 홈페이지와 패밀리 사이트에서 다양한 출판 솔루션을 만나 보세요!

홈페이지 book.co.kr   •   **블로그** blog.naver.com/essaybook   •   **출판문의** book@book.co.kr

가슴에 흐르는 강

김성용 시집

북랩 book Lab

차 례

1부

2부

1부

가슴에 흐르는 강

내 가슴에 강이 있네
언제나 흐르는 큰 강이 있다네
슬픈 강물도 아니고
아파 흐르는 강물 더욱 아니네

아마 그대가 가슴에 넘쳐
녹아내린 물일 게야
내 강이 힘든 것은 아파서가 아니야
그대가 나의 강에 너무 넘쳐서 그럴 게야

강물은 모른다네
어디로 흘러갈지 모른다네
그대 없는 강은 흐르지도 못하네
흐르지 못하는 강은 죽은 강일 게야

가슴에 강은 흘러야 하네
우린 넓은 바다에서 다시 만나
아름다운 세레나데를 불러야 해
그대 오는 강가에 물망초 심어 놓고
달맞이꽃도 들꽃도 심을 거야

가을 1

하얀 도화지에 그림을 그리고 싶다
티끌도 없는 그 무엇도 필요 없는
그리움 하나 그리고 싶다

가슴을 꺼내 다 내려놓고
너를 향한 마음 하나 그리고 싶다
그 마음은 아주 순결하고 고귀한
때 묻지 않은 모습을 토해 내고 싶다

오직 사랑과 그리움만으로 채워 내고 싶다
그 무엇도 두렵지 않고 무엇도 부끄럽지 않은
그리움으로 하늘을 보고 싶다

눈을 감아도 후회스럽지 않은
그런 그리움 하나 그리고 싶다
넓은 창가의 가을 하늘
네가 있기에 아름답다

가을 2

찬바람은 몸을 휘감고
낙엽은 바람에 마음을
감추네

구르는 낙엽처럼 이내 가슴
서럽거늘 찬바람은 무심타
그 고운 옷 벗기더니
어느새 바람은 몸마저
가져가네….

가슴앓이

가슴속으로 흘린 눈물
어느덧 바다가 되네
가슴속 깊이
바다가 춤을 추네
가슴앓이가 되어
노도와 같이 밀려오네
님이 알까 가슴 조이며
가슴앓이 혼자 춤을 추네

강가에서

화창한 아름다운 봄날
차창으로 스며드는 봄 내음은 그대의 장미 향기로
더욱 짙게 느껴 옵니다
애잔하고 창백한 그대의 모습은 나에게 아픔이 되어 오고
다시 그리움으로 돌아갑니다,
강가에 앉아 눈을 마주 보고 있노라면
아름다운 아픔을 가슴으로 느낍니다,
우리는 항상 기쁜 일보다 슬픈 일을 생각해야 했던 것은
가까이 있어도 멀리 떨어질 것을 알고 있기 때문입니다….

가슴 아픈 사랑

가슴 아픈 사랑아
내 가슴에서 그대를 꺼내고 싶어
가슴이 너무 아파 그대를 꺼내고 싶어

눈물이 가슴으로 흘러들어 너무 가슴이 아파
꺼내려면 더욱 빠져드는 사랑
너무 보고 싶어 보기 싫은 가슴 아픈 사랑

그댈 생각하면 가슴에 눈물이 채워져
가슴이 터질 것 같은 가슴 아픈 사랑
내 가슴에서 그대를 꺼내고 싶어

보고 있어도 부족한 사랑
그대를 보면 가슴이 더 아파
잊을 수도 없는 가슴 아픈 사랑

인연의 굴레는 운명이지만
짧은 세월 짧은 인생 가슴 아픈 사랑
남은 세월은 서산의 해와 같구나

가을과 연인

스산한 바람은 옷깃을 여미고
여인의 바람은 마음을 닫으니
바람으로 마음을 열까
마음으로 바람을 막을까,
부는 바람 막을 수 없네
오늘도 가을바람은
소리 내어 울고 있네….

깊어지는 마음

그대여
깊어지는 이 마음 어찌하려오
돌이킬 수 없는 숙명의 만남
더욱 깊어만 가네
기다릴 수밖에 없는 그대여
어찌하오
까맣게 변해 버린 이내 가슴 어쩌란 말이오
가슴속으로 흐르는 눈물은 무엇으로
막아야 한단 말이오 그대여
넘쳐흐르는 눈물은 깊어만 가오
그대여
가슴속으로 흐르는 눈물은 막을 수가 없네….

기쁨은 짧고 슬픔은 길다

그대 그리움으로
기뻐했던 날은 짧았지만
그대 그리움으로
슬퍼했던 날은 너무 길었습니다
슬픈 아픔을 참을 수 있었던 것은
아름다운 그리움을
토해 낼 수 있었기 때문입니다
그대는 무너져 내리는 나의 마음에
정신적 지주가 되었고
그대 가슴에 향기는 나의 육체를
승화시켜 주었습니다
그대의 눈동자는 짝 잃은 한 마리의
꽃사슴처럼 슬픔에 젖어 있었고
애잔한 그대의 미소는 항상 내 가슴을
도리질하였습니다
오늘도 아름다운 그리움에 취해 있는 것은
긴 슬픔보다 짧은 기쁨이
더 아름다웠기 때문입니다

그대의 눈동자

그대의 눈은 호수와 같소
아주 깊은 호수 말이오
그대의 눈은 푸른 바다와 같소
아주 어두운 바다 말이오
그대의 눈은 샘물과 같소
아주 고독한 외딴 샘물 말이오
그곳엔 들어갈 수 없는 깊은 곳 말이오
흔적도 없이 사라질 것 같은 그곳은
너무 멀리 있어 보이오
어둠에 젖어 있는 그대의 호수는
들어갈 수 없는 신기루 같아
멀리서 바라볼 수밖에 없는
아주 깊은 호수와 같소

그대 사랑하라 하시면

그대 사랑하라 하시면
눈으로 사랑을 보게 하소서
입으로 사랑을 말하게 하시고
마음으로 사랑을 듣게 하소서
행동으로 사랑을 행하게 하시고
안개꽃에 쌓인 장미 한 아름
그대 미소를 보게 하소서
조그만 바람에도 흔들리게 하지 말고
눈을 감아도 잠 못 들게 하지 마소서
그리운 눈물이랑 제값도 못 할 슬픔으로
이제는 만들지 마소서

갈대 1

바람에 흔들리는 갈대
갈내처럼 흔들리는 마음
행여 돌아서 마음 졸이며
퍼지고 앉아
가슴을 칠까

갈대 2

바람에 쓰러지는 갈대
상처투성이 잡아 닦아 줄까
잡아 안아 줄까
행여 돌아서 가슴 태우며
눈을 감고
숨을 멈출까

길

우리 인생은 길이 있다
살아온 길이 있으며 바다에도 하늘에도 길이 있듯이
물이 흘러가는 길이 있으며 마음에도 통하는 길이 있다
그리운 당신께 바로 가는 내 마음의 길은 항상 통해 있다
내 마음의 호수는 당신을 가두고 출렁인다
함께 춤을 추기도 한다
호수에 당신이 올 때면 난 온전히 가슴을 내어준다
난 항상 길을 열어 둔다 바다 같은 당신이 언제나 올 수 있게
온전히 내어 주고 비워 낸다
오직 한길로 통하는 당신이여 언제나 미소로 반겨 주고
수많은 날들을 변함없이 그길로 오서서 내게 와주심을
행복한 날들이 많았던 것 또한 나의 길에는 당신이 있기에
오늘도 난 당신의 길로 향하고 그 길에 서 있다
사랑하는 길은 꽃길같이 행복한 것이다

구름 같은 그대

사랑하는 구름아
네게 집착하시 않으려
오늘도 먼 길 달려와 너를 본다
내가 땅에 누워 너를 보노라

바람이 불면 어디론가 갈 것 같고
비가 오면 영영 사라질 것 같은….
내 가슴에 너를 넣으려니
가슴은 온통 젖어 오는구나

별은 너의 등 뒤에서 반짝이고
난 땅에 누워 너를 보느라 반짝인다
구름일 수밖에 없는 너이기에
나는 어둔 밤에도 너를 보노라

언젠가 네가 빗물이 되어
우리 만나면 넓은 바다에서
춤을 추리라
너의 가슴에 내 가슴 대고 춤추리라

눈물이 흘러내리면 어떠하랴
너의 가슴이 안아 줄 것을
구름아 영원히 살아 있을 구름아
내가 너의 가슴에 바람이었음 좋겠구나

고독

고독은
창조자, 위대함
고독은
오묘한 힘을 만드는 무한한 힘,
숨을 멈추게 하는 악마,
기쁨과 슬픔을 주고
앗아가 버리는 고독은
폭풍 같은 것

가을바람

바람에 날리어
찢기어도
아무 말 없이
그냥 굴러가리
쓰라린 상처 드러날까
숨죽여 스쳐 가리
찬바람에 상처는 더 아픈데,
가슴을 움켜쥐며
뉘 알까 어이하리

그대여

그대여 한이로다
한이 맺혀 한이로다
사랑 노래 한이 맺혀
그리움이 한이로다
아픈 가슴 그리움이
어이하여 맺혔는가
그대 슬픈 마음은
나의 아픈 가슴만 못하고
그대 애잔한 모습은
나의 그리운 가슴만 못하리라

그리워할 이가 없네

내가 그리워할
이가 없네

눈으로 마주쳐 기뻐할
이도 없네

귀에 대고 말하고 들려줄
이도 없다네

내가 그 가슴에 묻고
울 이가 나는 없네

오직 내 가슴에
눈물 흘려야 하네….

그런 사람이고 싶다

그대가 쉴 수 있는 큰 나무이고 싶다
편히 쉬어 살 수 있는 그늘이 되고 싶다
바위처럼 흔들리지도 않는
그런 사람이고 싶다
산처럼 오묘하고 웅장하여
우러러볼 수만 있어도 좋다
먼 훗날 그대 가슴에 그리움으로
미소 지을 수 있는 그런 사람이고 싶다

그대는 아지랑이

그대는 아지랑이
그대는 잡을 수 없는 무지개
다가서면 멀어지고
멀어지면 다가오는
그대는 아지랑이
눈 감으면 다가오고
눈을 뜨면 멀어지는
그대는 아지랑이….

그리움은 비처럼 내린다

소리 없는 이슬비처럼
그리움은 살며시 내린다

어느새 소낙비 되어
가슴으로 내린다

거센 폭풍으로 다가와
그리운 가슴은
송두리째 날아가 버린다

아픔 속에 잉태된 그리움은
영화로운 꽃이로다

그대 빈자리

그대 빈자리
퇴색해 버린 갈잎 하나
날아와 앉는다.
잊힘으로 서러운 날들
되새김하듯 더
그리워해야 할 소중한 날들은
끝이 없는데
퇴색해 버린 푸르던 잎
그대 빈자리 찾아와
그대의 모습은 더욱 가슴 아프게
다가온다

그리운 것은 항상 그립다

그리운 것은 항상 가슴을 채운다
넌 들판에 아지랑이처럼 삽을 수는 없지만
눈을 감으면 눈가에 맴돌고 눈을 뜨면
가슴으로 들어오는 그리움은 항상 그립다

어두운 밤 마른 나뭇가지 사이로 걸린 달빛이
가슴을 더욱 아프게 한다
바람이 불 때면 바람이 모든 것을 쓸어 가는데
그리움은 왜 남기는지 비가 오면 다 흘러가는데
그리움은 왜 흘러가지도 못하는지

세월은 참 많이도 변해 가는데
그리운 것은 왜 비워 내지 못하는 것인지
그렇게도 가슴속에서 솟아오른 눈물은
수많은 세월을 참아 왔는데
차오르는 눈물은 막을 수 없으니

언제나 눈물로 그리움을 달래고
눈물은 그리움으로 흐른다
그리운 것은 항상 그립다
네가 곁에 있어도 그립다

노을

오늘도 서산에
노을이 지네

아직도 이내 몸 청춘이거늘
어찌하여 마음은
노을 같을까

또다시 태양은 찬란히
떠오르고

태양은 나의 몸 같거늘
노을이 지듯 인생도 가네

내가 하늘이면

내가 하늘이면 좋겠네
내가 하늘이면 그대 볼 수 있으니
내가 구름이면 그래도 좋겠네
내가 비가 되어 그대에게 갈 수 있으니
꽃이 되어도 좋고 바람이 되어도 좋겠네
그대에게 갈 수 있다면 무엇이 되어도 어떠하리
온통 하늘에 그대 얼굴뿐인걸
세상이 아름다운 것은 그대가 있기 때문인데

낙엽

바람에 날리는 마지막 잎새
세월을 재촉한다
더 사랑할 시간도 부족한데
어찌 그리도 몸부림을 치는가

어디로 가는 줄도 모르면서
서둘러 가려 하네
우리 인생도 너와 같구나
그렇게도 푸르던 너의 모습은
어디로 간 것이더냐

그리움은 가슴 가득 채워 놓고
세월은 참 욕심도 많다
모든 것을 다 가져가려 한다
아픔과 슬픔을 남겨 놓고 말이다

바람에 날리는 낙엽처럼
어디로 갈지 모르는
우리 인생도 낙엽 같구나
바람에 흩날리며 어디로 갈까

님의 눈물

님의 눈에 눈물 보이네
가슴에 흐르네
아픈 상처 씻으려 흐르네
님은 말이 없네
어이 눈물로 상처를 씻으리오
님이여
눈물을 보이지 마오
눈물마저 메마른
이내 가슴 더 타오
긴긴밤 타는 가슴
님이여 님은 아오….

님이여

죽어도
또 죽어도 변치 않을
나의 님이여
터져 오는 이 가슴을
어찌하려오
그대 없는 가슴에 찬바람 불고
쓰린 가슴속엔 찬비가 내린다오

님이여
불러도 다시 없을 나의
님이여
이대로 이렇게 숨이 멎어도
오직 그대 생각 변치 않으리오···.

침묵

어둠 속에서
무엇을 찾으리
허공에서 무엇을 얻으리
찾아 헤매고 또 헤매니
얻은 것은 산산이 부서진
아픔뿐….

이젠 돌이킬 수 없는 세월이여
이 한 몸 재가 되어
침묵 속에서 님을 부르리

님이여
정녕 나의 님이여
차라리 침묵 속에서
오묘함을 찾으리….

낙화

찬란한 한 송이 꽃이여
몸이 꺾인다고 서러워 마라
인생도 서산의 해와 같고
만개한 꽃도 곧 땅에 구르니
낙화야 서러워 마라
모진 손 꺾었다가
시들기 전에 내버리니
버림도 쓰라린데
무심코 밟고 가네

아
인생 너무도 애닳는구나

내가 이슬이 되어도
그대는 꽃이 되어야 한다

스산한 바람에 풀잎이 흔들리듯
텅 빈 내 가슴도 쓰러질 듯 흔들린다.
풀잎에 이슬이 맺히듯
님의 눈에 이슬이 맺힐 때
가슴이 저리도록 사무치는 것은
님을 더욱 그리워할 수 없기 때문이다
그리움에 떨고 두려워하는 그대의 모습은
더욱 볼 수가 없다
차라리 내가 이슬이 되어 소리 없이 사라져도
그대는 아름다운 꽃이 되어야 한다

님의 소리

소쩍새 울며 도는
마루턱 넘어
소리소리 돌아
님의 목소리
천둥소리만큼이나
들려오네
풀섶이나 개울 건너
반지꽃 귀 막아도
바짓가랑이 님 붙들고
제 넘어 돌아도
옥수수 바람 소리
님의 소리 더하여라

나무

나무는 항상 한곳에 서 있다
아름답기도 하고 우아하게 자태를
뽐내기도 한다
뜨거운 태양을 온몸으로 막아 주고
새들이 시끄럽게 놀다가도 바람이
요란하게 흔들어도 나무는 변함없이
한곳만 보고 하나만 생각한다
추운 겨울엔 옷을 벗어
우리에게 태양을 내어준다
아무리 쓸쓸하고 외로워도 나무는
사랑만 생각한다
오직 사랑하는 마음 하나일 것이다

내게 어둠이

정녕 내게 어둠이 오려는가
어두운 밤 소리 없이 내리는 눈 속에서도
피어나는 꽃이 있는데
뜨겁게 타올라야 가슴은
어찌 차가운 아픔만 몰아칠까
가슴을 더욱 닫아도
아픔은 커다란 공간을 만들고
어둠은 날개도 없는 내 몸을
커다란 공간으로 추락시킨다….

님이 님이라면

님이 님이라면
님 그립게 말아요

님이 님이라면
님 슬프게 말아요

님이 있어 님 기쁘고
님이 없어 님 슬프니
님이 님이라면
님 울게 말아요

님이 진정 님이라면
사랑 노래 부르게 하지 마오

님 떠난 자리

님 떠난 자리
이렇게 큰 것을
님이 없어 알게 되네

님이 가도 희희낙락
세상 즐겨 살아 볼까

작심삼일 끝이 없고
고통 또한 끝이 없네

심야 삼경 긴긴밤을
홀로 세워 끝이 없네

님 그리워 이 몸 가면
이내 마음 님이 알까

사후 영천에 님을 만나
어화둥둥 춤을 출까

날개 1

두 팔을 들어 날개를 펴라
뒤돌아보지 말고
멀리 날아라
하늘을 향해 멀리 날아라
한 번 날갯짓에 설움을 잊고
두 번 날갯짓에 고통을 잊네
꿈을 싣고 날아라
딴 세상으로 날아라
온갖 상념 다 버리고
나만 생각하여라

날개 2

두 눈을 뜨고
날개를 펴라
앞만 보고 날아라 멀리 날아라
한 번 날갯짓에 그리움을 잊고
두 번 날갯짓에 새 삶을 찾네
모든 근심 다 버리고
나만 생각하여라

너를 만나면

너를 만나면 기쁨 되고
헤어지면 슬픔 되네

너를 만나면 풀잎 되고
헤어지면 이슬 되네

너를 만나면 소년이 되고
헤어지면 시인이 되네

너를 만나면 온 세상 내 것이 되고
너 없으면 세상도 텅 비었네

너를 만나면 온 세상 향기 가득하고
너 없으면 찬바람만 불어오네

나는 사랑하는 이가 있습니다

눈을 뜨면 가슴 가득
채워지는 사람이 있습니다
그리운 얼굴이 있습니다

보고파 눈 감으면
그리운 모습이 떠올라
불러 보고 싶은 사랑하는 이가 있습니다

내 생이 다하는 날
손잡고 웃으며 떠나고 싶은
사랑하는 사람이 있습니다

문득 외로움이 밀려올 때면
어둠처럼 적막 속에서 애타게
듣고 싶은 목소리 하나가 있습니다

비가 오는 날이면
더욱 그 향기에 취해 보고 싶어
안기고 싶은 그런 사람이 있습니다

하루를 보내고
노을 지는 하늘을 보면
늘 그리운 그 사람이 있습니다

오늘도 나는 눈을 감습니다
눈 감으면 바로 옆에 와 있는 이가 있습니다
꿈을 꾸면 만나는 그런 사람이 있습니다

나는 나무와 같고 그는 바람 같습니다
항상 홀로 서 있는 나를 흔들어 주는
영원히 고마운 바람 같은 사람이 있습니다.

나는 항상 한곳에 있고 한곳만 보고 있습니다
바람이 올 때까지 기다리는
나는 홀로 서 있는 나무입니다

내가 숨을 멈출 때 그 바람이 오길 바라는
나는 행복한 나무입니다

돌릴 수 없는 그리움

오, 님이여
제값도 못 할 그리움은
어찌 내 안에 더 머무르려 하는가

홀로 남겨진 세월은
天上에 가기 전에 그대 가슴으로
돌릴 수 있다면

설령 가시관에 가시 날개 단다 해도
훨훨 춤을 추며 날아가련만

님이여
돌릴 수 없는 그리움은
더는 내 가슴에 머무르게 마소서….

달빛 창가

달빛 창가에 그림자 지면 혹여 님인가 보오
바람 불어 창문 두드리면 님 오셨나 보오
창문 열어 님 아니 보여도 손 한번 흔들어 주오
바람에 나뭇가지 손짓하면 묵례라도 하여 주오

행여 어둔 밤 스쳐갈까 불 밝혀 창문 열어 보구려
바람 들어오면 님인가도 보오
님이 들어오게 가슴일랑 열어 두오
가슴이 젖거들랑 눈가에 눈물이라도 맺혀 보오

님 들어와 향기 나거든 취해도 보고
얼싸안고 보듬어 춤이라도 추어 보오
어화둥실 어허 내 사랑 달빛 창가에 비친 사랑
달님도 춤을 추는 어화둥실 내 사랑

당신이 그리울 때

당신이 보고 싶을 때 바다를 본다
너울너울 바다 위에 떠 있기에
당신이 그리울 때 하늘을 본다
하늘빛에 그대 모습 떠 있기에

당신을 만나고 싶을 때 눈을 감는다
어느새 눈앞에 와 있기에
가슴에 그대를 채우고
난 그대의 가슴으로 들어간다

당신은 내 가슴에서 춤을 추고
나는 황홀함에 그대를 보듬어 안는다
나는 그대의 향기에 취해
눈을 감고 하늘을 본다

돌아오지 않아도 넘치는 사랑이여

어제 돌아올 그대를 생각하기보다는
오지 않을 그대를 생각하는 것이 행복한 것은
내 가슴에 그대 영혼이 넘치도록 채워져 있기 때문

안타까운 기다림의 망각 속에서 도피할 수 있는 것도
만남으로의 기쁨과 헤어짐의 슬픔으로 이어지는
아픈 순간을 생각할 수 없기 때문

이제 가슴에 행복이 넘치는 것도
가슴에 슬픔이 아름다움으로 승화되었기 때문

당신의 눈물

당신의 눈물 가슴에 맺힐 때
죽음보다 더한 아픔을 느낍니다
당신 가시던 걸음 되돌아볼 때는
이대로 돌이 되었으면 하였고
당신의 눈가에 웃음이 오면
아름다운 노래를 부르지요
찻잔 가까이 당신의 눈 마주치면
무언의 대화 속에서 아픔을 더 느꼈지요
우리는 언제나 만나면 헤어질 것을
먼저 생각했고
그리고 우리들의 가슴은 어느새 젖어
있었지요
당신의 눈물 속에서….

들판에서

먼 마른 들판에
아지랑이 춤을 춘다

보일 듯 희미한 듯
내 가슴처럼 춤을 춘다

아픈 그리움이
서럽게 춤춘다

먼 들판에서 그리움이 밀려와
가슴앓이가 되고
눈물 되어 춤을 춘다

먼 들판에 아지랑이 사라지고,
홀로 서 있는 빈 가슴으로
그리움은 가슴 가득
가슴앓이가 되고

그대는 새가 되어
먼 마른 들판을 날아가 버린다

달밤

님 그리는 밤 달빛도 애처롭다
마른 나뭇가지에 걸린 달이 내 모습 같구나
소리도 없고 표정도 없는 창백한 달님이여
그저 바라볼 뿐 그냥 생각할 뿐 어찌 아프다
어찌 그립다 할 수 있단 말인가
그냥 사랑하는 마음 하나면 족할 세월인 것을
그립다 하면 더 그리운 것이 그리움인데
아프다 하면 더 가슴 아픈 것이 그리움인데
모두 다 비워 내고 하늘을 보자
미소 짓는 어두운 창가에 희미한 달빛이여
달빛 속에 비친 그리움을 님은 알까
님은 몰라도 달님은 아시겠지

무거운 슬픔

산허리 맴돌며
하늘에 닿을 수 없는 구름처럼
안타까운 님의 마음이여
무거운 슬픔이여
하늘에 이르지 못하고
혼자 사라져 버리는 것처럼
님의 아픈 마음을
함께할 수 없음이어라

만남

오늘 신께서 들어주셨네
처절한 기도를 들어주셨네
마음은 갈기갈기 찢기고
육신은 천 갈래 만 갈래
부서졌지만
그래도 만남은 행복이지요
신기루 같은 만남
이것이 오직,
사랑인 것입니다….

멈추어야 할 순간 1

세월은 아픔도 모른 채 지나간다
내 지난 순간들은 천년을 살아온
고난의 날들이었다

슬픔으로 같이 울었던 날도 있었고
기쁨으로 가슴 벅찬 날도 있었다
이제 다시 그리움으로 더 그리워
아파하지 않으려는 몸부림도 있었고
따듯한 가슴으로 더는 그리워하지 않으며
영원히 함께 살고픈 욕망도 있었다

그러나
만날 수밖에 없는 운명이었듯이
멈추어야 할 운명도 있는 것이다
영원히 아름다움이 퇴색되지 않기 위하여
아픈 가슴을 아름답게 멈추어야 한다

멈추어야 할 순간 2

희나리가 되기보다는 알곡이 되어
함께 그리워해야 할
소중한 날들을 생각하며 멈출 수 있다는 것은
그래도 그 순간은
행복을 느낄 수 있기 때문이다

몬트리올 강변에서

타국의 강변에서 그대를 생각한다
우리 함께 살아 있을 날도 얼마 남지 않았다
흐르는 강물에 꽃잎을 던져 본다
지구 반대편에서 그대를 부른다
그대여
아픔을 두려워했던 그대여
내 아픔 없이 누구도 사랑할 수 없다
물결의 흔들림도
나뭇잎 풀꽃의 흔들림까지도
모진 바람 속에서 잉태되듯이
사랑도 아픔 속에서 이루어지리라
그리운 그대여
이 얼마나 평화롭고 아름다운 강변인가
초원은 끝이 없고 물결도 끝이 없네
그대 그리움 이렇게 흘러갔으면….

먼 길

서산에 지는 해는
어둠을 몰고 와
내 빈 가슴을 가득 채운다
설운 그리움은 더욱
그 어둠 속으로 스며드네
사랑이라 말하기엔
너무 가슴 아픈 것을
어둠 속에서 불을 밝히는 사랑은
외로운 길…
홀로 걷기엔 너무 먼 길을

봄이 오면

꽃향기 너울 쓰고
새하얀 안개꽃 한 아름 따다
라일락 향기에 취해
님 오시는 길에 사뿐히 뿌려 노오리

길섶에 핀 들꽃 향기 가슴에 묻고
들려오는 소쩍새 울음소리는
멀리 떠나간 그리움을 불러오네

떠나온 발걸음에 아쉬움 남아
혼돈에 지친 마음
빈 그리움으로 흩어지고
홀로 선 외로움이
이슬이 되어 내린다

소슬바람이 살포시 내게 다가와
그리움 전해 주면
파란 하늘을 보며 가슴을 열어
봄의 향기를 그리움 속에 듬뿍 담아

사랑하는 내 님 오시면
그 향기 눈물에 섞어
님의 가슴에 뿌리오리다

봄날

화창한 봄날의 향기여
찬란하게 춤추던 아름다운 날들은
어찌 한순간처럼 지나가는지

돌아볼 순간도 가슴을 움켜잡고
보듬을 시간도 헛되이 보내고
또 얼마나 많은 세월 를 눈물 흘리며
가슴앓이를 해야 하는지

이제 아름다운 봄날은
얼마나 더 맞이해야 하는지
인생이란 잎새에 매달린 이슬처럼
그렇게 살고 갈 것을

더 내어주고 베풀며 사랑할 것들이 많은데
우린 어찌 망설이며 보듬을 줄 모르는지
아직 바람은 차가와 찬바람이 부는 혼돈의 세월에
해는 석양에 걸려 가슴엔 바람이 분다

밤비

님의 눈물처럼 밤새도록 빗소리가 요란하다
그렇게도 아픈 게지 그렇게도 슬픈 게지
밤새 울어 내린 눈물 님의 가슴 떠나갈까
가도 가도 못 떠나면 님 가슴에 쉬었다 갈까
혹여 님 가슴 안 열리면 먼 산 한번 보고 가리
그래도 아니 보이면 눈 감으면 보이겠지
바람에 님의 향기라도 실어 올까 긴 숨 한번 마서 본다
님의 향기는 코끝을 스쳐 가슴으로 스며든다
창문을 두드리는 빗소리는 더욱 님의 향기에 취하게 한다
어두운 밤 빗소리는 떠난 님의 눈물처럼 슬프다

바람에 흔들리는 그리움

바람이 옷깃을 스칠 때면
흔들리는 그리움으로
숨을 멈춰야 했고
나뭇가지 잎새가 흔들릴 때면
내 몸은 한없이 작아져
전율을 느껴야 했다
찬바람은 나를 더욱 흔들리게 했고
흔들리는 그리움은
나를 더 어둡고 아픈 곳으로 몰아갔다

바다 1

파도야 너는 왜 춤만 추고 있니
때론 격렬하게 때론 조용하게
웅장한 하모니를 너는 나를
황홀하게 하는구나

넌 참으로 고마운 존재구나
나, 꼭 그렇지는 않아
나도 때론 슬프고 외롭고 화날 때도 있어
다만 너희가 네게 왔을 때
즐겁게 받아 주고 있지 너와 한 몸이 되어
나를 타고 놀아도 나는 너희가 즐겁도록 춤을 춘단다

언제나 네가 하소연할 때나 기쁠 때나
나를 찾곤 하지 그럴 때도 묵묵히
난 너를 받아 주고 지켜 주고 응원해 주잖아
넌 속 깊은 내 맘을 알 리가 없지
그냥 난 바다니까

바다 2

검푸른 바다,
드넓은 수평선
모든 것이 내 것인 양
마음은 두둥실

아
이대로 님과 함께
멈출 수는 없을까

봄비 1

오늘도 봄비가 가슴을 젖게 하는구나
세월은 아무리 흘러갔어도 추억은 어느새
눈앞에 와 있고 마음은 그 시절로 가 있구나

뒷동산에 풀피리 불고 풀 섶을 동여매던 조그만 오솔길
누군가 걸려 넘어지면 몰래 숨어 가슴을 움켜잡고
웃던 일 봄비가 내릴 때면 초가집 처마 밑에 모여
손으로 받아 물싸움하던 친구들 다 어디로 갔는지
덧없이 간 세월은 다시 돌아올 리 없다만은
그 아름답던 시절은 참으로 가슴이 아프도록 그립다

봄비 내리는 소리는 친구의 울음소린가
흘러가는 물소리는 세월이 가는 소린가
어느새 눈은 흐려지고 몸은 늙어 잔설이 휘날리니
봄비에 젖어 두 눈엔 눈물이 넘쳐 있고나

봄비 2

온종일 가슴을 적시는 봄비가
떠난 님의 눈물처럼 창가에 흐른다
가슴으로 뜨겁게 흐르는 눈물을 님은 알까
강물이 되어 파도치는 가슴을 님은 아실까
파도에 부서져 녹아내려 흘러가면
님의 가슴에 다가갈까
님의 눈물처럼 한없이 봄비가 내린다
가슴에도 창문에도 소리 없이 눈물처럼 내린다
가슴은 어느새 강물이 된다

방황 1

서산에 걸린 해는 이내 심정 같구나
님은 지척인데
어이해 님 못 보나

님 따라 이 몸 가고
님이 볼까 돌아섰네

오늘도 님의 향기 또 끌려가네….

방황 2

서산에 지는 해야 어둠이 두렵구나
어둠이 내려오면 님의 모습 다가오고
그리움은 배가되어
이내 가슴 더 태우네
야속한 달마저 구름 밖에 나더니
그리운 우리 님 나를 오라 손짓하네
산란한 이내 마음 님이 알까 두려워
오늘도 님 모르게 살며시 돌아섰네

시인의 슬픔

님이여
낙엽을 혼자
밟게 하지 마오
님이여
내가 시인이 되게
하지 마오
시를 쓴다는 것은 매우
슬픈 일이라오….

소나무

지나온 것은 다 그립다
그날 처음 만났던 강가가 그립고
강 언덕 찻집도
차창에서 본 강물도 그립다
모두들 웃고 즐기던 그날이 눈가에 선하다
소나무의 한들거림 꽃이 피던 강 언덕
물살을 가르던 수상스키도
넓은 창가의 커피향도 지금 많이 그립다
낙엽을 밟으며 설레게 손잡던 그날은
어찌 무엇으로 표현할까만
그 시절은 내 것인 양 행복하고 그립다
꽃이 필 때는 꽃을 찾아 헤매고
무더운 날은 강가에서
가을엔 핏빛으로 황홀하게 그립고
흰 눈이 내리던 날 슬로프를 가르며 함께 질주하던
그날들은 더욱 아련히 그립다
항상 변함없는 소나무
우리들의 그리움도 소나무처럼
언제나 변함없이 그립다

사랑의 찬가

님이여
슬픈 이별의 노래를 하지 마오
인생은 공수래공수거인 것을
어찌 죽기 전에 이별의 노래를 부르려 하오
사랑은 아름다운 고통이거늘
그대는 만나면 이별을 노래했고
이별의 고통도 두려워했던 그대여
사랑은 위대한 고통이라오
사랑이 없는 사람은 이 세상에 없는 사람이요
우리가 이별의 노래를 부르는 날은
세상을 떠나는 그 순간이라오
님이여
우리 그날 함께 사랑의 찬가를 부릅시다….

새야 날아라

둥지 찾아 날아라
숨을 쉬며 날아라
멀리 날아라
낡은 둥지 버리고
새 둥지 찾아라
넓은 세상 날아 보렴
훨훨 날아 보렴

새야
새야 날아라
앞만 보고 날아라
뒤를 보지 마라 옆을 보지 마라
낡은 둥지 보이면 새 둥지로 못 가니
하늘 높이 날아 보렴
훨훨 날아 보렴

세월

산산이 부서져 흩어진 세월
무엇을 찾고
무엇을 잃었나

그리고
무엇이 남았나

텅 빈 가슴 흩어져 뒤엉킨 머리
난 망망대해의 난파선
누가 날 찾아도
날 모르는 세월에 내가 간다

사랑은 하나인가

그대를 만난 날부터
나는 아무것도 할 수가 없다
애잔한 그대의 눈빛
그대 생각에 빠져 있는
하루하루 시간들은 모든 것을
멈추어야 했다
이제 그대를 만나면 어떤 말을 해야 할까
생각조차 나지 않는다
그대 하나 사랑으로
빠져 있는 나는 얼마나
하찮은 존재인가
정녕 사랑은 하나인가

사랑하는 님이여

님이여
정녕 보낼 수밖에 없는
사랑하는 님이여

이별이라네
뼈를 에는 고통이 와도
이별이라네

어이 이별이어야 하는
사랑이던가

사랑을 말지
이별을 말지

가슴속에 끊는 오열
어찌하려고

님이여
정녕 보낼 수밖에 없는
나의 님이여

사랑 1

사랑은 하나입니다
한곳을 함께 보는 마음입니다

사랑함은 배려입니다
사랑은 독선이 아니라 겸손입니다
사랑은 주는 것이고 혹여 더 내어줄 것이 없나
생각하는 것입니다

사랑은 반목이 아니고 함께 웃어 주고
함께 눈물짓는 것입니다
사랑함은 건강한 것이며 행복 가득한 것입니다

사랑 2

사랑은 가슴이 저리도록 아파할 때 행복하다
사랑은 비처럼 바람처럼 소리 없이 온다
사랑은 그리워하며 애닳기도 하다가
행복하기도 하고 가슴이 터질 것 같기도 한다
다 내어주어도 더 주고 싶고 떨어져 있어도 옆에
있는 것 같고 보이지 않아도 눈에 보이는
그것이 사랑이다
사랑은 무한히 미소 짓게 만드는 것이며 몸과 마음을
건강하게 하는 것이다
사랑을 잃으면 세상도 건강도 잃게 된다
사랑할 땐 모든 것이 아름답고 행복하지만
그 사랑이 떠날 땐 우린 슬프고 가슴 아파한다
사랑은 그리워할 때 가장 행복하다

사랑 3

너는 천사인가? 악마인가?
기쁨인가 슬픔인가
너 없으면 세상 없고
너 있으면 세상 있네
너 있으면 모두가 즐겁고
너 없으면 모두가 슬프다네
너는 기쁨도 슬픔도 다 가진
천사인가? 악마인가?

사랑하는 만큼 외롭다

누구나 사랑하는 만큼 외롭다
사랑하는 일은 매우 기쁘고
가슴 벅찬 일이지만 그 사랑이
이루지 못할 때 더욱 그리워하고
몸서리치도록 그립고 외롭다

그냥 사랑이면 얼마나 좋을까
돌아오지 않아도 좋다
가슴 열어 살포시 들켜도 좋다
미소로 반겨 줄 모습 하나면 그만이다

살아온 만큼 깊고 넓어서
오래도록 늘 처음처럼 가슴 있음 좋겠다
변하지 않는 사랑 넘치는 사랑도
사랑하는 만큼 외롭다

사랑은 채울수록 부족한 것이지만
비워 내면 채워지는 것이다
그러나 사랑하는 일은 모두 어렵고
사랑하는 만큼 외롭다

사랑아

사랑아 가슴에 강물이 있느냐
굽이쳐 흐르는 큰 강물이 있는 것이냐
그 강물에서 솟아오르는 뜨거운 눈물이 있느냐
귓가에는 사랑의 소리가 들려오고
새들은 노래하네

세월은 소리도 없이 지나가고
사랑은 소리 없이 다가오네
늙음도 소리 없이 익어 가고
가슴은 한없이 커져만 가는구나

사랑아 가슴에 소리가 들리는가
가슴속에 흐르는 물소리가 들리는가
그 무엇도 회자되지 못하는 것은
사랑이 이미 없음이다
의미 없는 세월이다
사랑아
아 몹쓸 사랑아

사랑 참 어렵다

사랑 참 어렵다
사랑 참 힘들다
누군가를 사랑하는 일은 참 어렵다
사랑받는 일은 더 어렵고 힘들다

사랑은 가슴앓이를 많이 해야 하고
많이 비워 내야 한다
참 사랑은 가슴 아픈 것이다
사랑은 기다리는 것이고 배려하는 것이다

사랑은 꽃과 같다 이슬을 먹고 사는 꽃잎처럼
물을 먹지 않으면 시들어 버리는 꽃처럼
사람도 사랑을 받지 못하면 마침내 녹아내린다
꽃잎에 매달린 영롱한 이슬처럼
사랑은 그렇게 아름답고 영롱한 것이다

사랑은 꽃잎에 매달린 이슬처럼
조그만 바람에도 흔들리고 떨어진다
큰바람이 오면 꽃이 떨어지고
마침내 흔적도 없이 사라진다
사랑 참 어렵다

슬픔에 우는 하늘이여

어두운 하늘에
잿빛 구름 흐르더니 못내
슬픔을 참을 수가 없어 내 빈 가슴으로
한없이 내려온다
끝없이 내려도 가슴을 더욱 채울 뿐
흘러가지도 씻어지지도 않는다
천둥과 비바람이 몰아쳐도
들을 수도 느낄 수도 없어라
슬픔에 우는 하늘이여

소풍

우리는 짧은 소풍에 와 있다
굴곡의 세월도 희비의 세월도 긴 것 같지만
사랑했던 사람도 사랑하는 사람도
아주 짧은 순간에 지나간다
인생이란 긴 여정 같지만 어느새 눈앞에 와 있다
우리는 살면서 소풍을 즐길 줄 알아야 한다
소풍에서 처음 만난 건 어머니일 것이다
어머니는 그리움을 알기 전에 소풍을 떠나신다
그리고 우린 또 다른 인연을 만난다
소풍의 동행인이며 그리움이 된다
우린 또한 수많은 벗들 동료들과 소풍을 공유한다
때론 소원하기도 하고 웃음 짓기도 하다가 등을 돌리기도
한다
그렇게 우린 또 소풍을 떠난다

2부

아픔도 모르는 세월

아픔도 모르는 세월아
님 그리워 젖는 가슴 너는 아는가
꽃같이 고운 우리 님
사랑으로 맺어 놓고
천 갈래 만 갈래 뻗은 정이
깊은 뿌리 내렸으니 장장추야 긴긴밤
이내 신세 처량하다
이렇게 깊은 정이 골수에 한이 맺혀
님 그리워 젖는 가슴 너는 아는가

영혼

님의 영혼이 떠나가네
영원히 살기 위해
님의 영혼이 가네
훨훨 님의 고통이 날아가네
재가 되어 날아가네
그렇게 자식 위해
평생을 몸 바쳐 오신 님
오늘 님은 영원히 떠나가네
언젠가 다시 만나리
영혼에서라도 만나리
세상에 하나밖에 없는 님
우리 어머님

1991년 1월 19일 어머님 영혼을 보내며⋯.

인연

어느 시인이 그랬다
인연이란 잠자리가 화석이 되고
그 화석이 잠자리가 되는 과정을
수만 번 반복을 해야
인연을 맺는다고 한다

그만큼 사람과 사람의 만남이란
힘들고 어려운 것이다
우연이든 필연이든 누군가를
만난다는 것은 하늘의 뜻이 아니면
만나지는 것이 아니다

그 소중한 것을 모르는 사람들은
그 인연의 깊이를 알기 전에
감정의 끈을 놓아 버리곤 한다

감정을 다스리지 못하여 마침내
좋은 인연을 버리고 만다
꽃이 피고 봄이 오는 것을 보지 못하는 것이다
생각은 마음을 지배하고 마음은 가슴을 지배한다

그 인연을 버리는 것은 그만큼의 시간을 또
기다려야 하는 것이다
수없이 많은 세월을 기다린 인연인데
인연의 끈을 놓아 버린다는 것은
애닳고 가슴 아픈 일이다

人心不可測

가슴에 흐르는 눈물은
슬퍼서가 아닐 게다
그대가 가슴에 넘쳐
녹아내린 물일 게야

내 가슴이 아픈 것은
아파서가 아닐 게야
그대가 가슴에 넘쳐서 그럴 게야
내가 숨을 쉴 수 없는 것도
그대가 가슴을 막고 있기 때문

그대 가슴은 슬픔의 바다 같아서
그 마음을 어찌 헤아릴까
나는 그대의 바다에서 춤을 추네
그 바다에서 노래를 부르고 살고 있네

그 바다에서 나올 수도 죽을 수도 없네
바다는 넓고 헤아릴 수 없어서
나올 수가 없다네 그대의
깊은 바다는 알 수가 없다네

人生

어둠 속에 흐르는 것이 무엇이더냐
저기 어둠 속에 흘러가는 것이 보이더냐
소리는 나지 않지만 물결처럼 굽이치며
흐르는 것이 어찌 아니 보이는 것이냐
미소도 짓고 때론 눈물도 짓고 그렇게 가는 것을
어둠 속에서 반짝이고 밝은 햇살에는 보이지 않는
그것이 인생이란 말인가
어찌 그립다 어찌 사랑한다
눈물 그렁이며 사는 게지
그래도 사랑하면 그뿐 욕심은 없는 게지
어두운 밤 흐르는 물결처럼 그렇게 살다 가는 게지
흔적도 없이 녹아내리는 것이 인생이지

인생

나는 한들한들
버드나무였소
나는 모진 바람에도 흔들리지 않는
대나무가 되어야 했고
때로는 가시나무가 되어야 했소
어느 땐 말없이 서 있는
장승이 되었고
때로는 바람에 흔들리는
촛불 같은 세월 속에
이 몸을 던져야 했소
이제 바람은 잔잔하나
내 몸은 힘없이 녹아내린
촛불이 되었소

인간

너의 마음은
구름 실은 바람 같고
나의 마음은
비에 젖은 나무 같고

너의 마음은
바람 실은 갈대 같고
나의 마음은
바람에 날리는 낙엽 같고

너의 마음은
흐르는 물과 같고
나의 마음은
덧없는 세월과 같으니

누가 세월을 잡으랴
흐르는 물을 잡으랴

야월

그리워 그리움에
출문망(出門望)이 몇 날인가
옛 강가에 찾아가니
바람만 쓸쓸한데
소슬비는 내려와
이내 가슴 적시네
일구월심(日久月深) 그리던 님
아픈 가슴 부여잡고
서산에 지는 해는
뉘 힘으로 잡아 둘까
공산야월(空山夜月) 깊은 밤
님 그리매 세워 볼까

아흔 날의 해후

처절한 무선 속의 떨리는 가슴
무엇으로 그리도 애절하였나
가슴은 흠뻑 젖어 온다
숨을 멈추게 한다
볼 수 있다면 보일 수 있다면
또,
무선 속으로 기다림 속으로 사라진다
아흔 날의 해후 그날은 언제 올까
행여 기약 없는 그날은 올까

잊힌 세월

그대여
잊힌 세월 속에 남겨진
그리움의 눈물일랑
더 흐르게 마소서
지나간 세월은
아름다운 기억 속으로 남아
꽃 피우게 하시고
슬픔의 눈물일랑 헛되이
가슴 젖게 마소서
잊힌 세월 속에 버려진
들꽃처럼
그렇게 살라 하소서
님의 가슴에 남기지 마시고
오직 내 가슴에만 살게 하소서

일심

가슴은 저리도록
쓰라린데
뉘 볼까 어이하리
찬바람에 옷깃을 여미며
어이 서러움을 감출까

안개 속의 그리움

안개 속에 그리움이 내린다
수정처럼 맑고 영롱한 그리움이
내 아픔처럼
나뭇잎에 매달려 떨어질 때
가슴이 철렁 내려앉는다
산야를 뒤덮은 안개는
더욱 그리움을 저미게 한다
촉촉이 젖어 오는 잎새마다
가슴을 적시어
그리운 새벽을 열게 한다

영광의 빛

님이여
나의 영광이여
오직 하나뿐인 나의 빛이여

그대는 찬란하게 빛나는 나의
영광이여
오묘한 힘을 내어주는 그대는
내 생명의 불꽃이라오

님이여
영원히 내 가슴에 불꽃이 되어
나의 길을 밝혀 주오….

외출

살포시
걷는 걸음 모래밭은
솜밭이어라
손을 걸쳐 걷는 걸음
뜬구름이여
마음은 항상 소년이 되고픈
형언할 수 없는
오묘함이여

어둠이 내리면

그대여
어둠이 내리면
그대 생각 더 나오
눈 감으면 아니 날까 감아도
그대 생각 더하여요
어둠 속에서 슬픔을 참아도
눈 뒤로 흐르는 눈물
더 흘러요
아픈 가슴 부여잡고
그대 잊으려 해도
어둠이 내리면
그대 그리움은
더하여요….

잠 못 드는 밤

그리워 잠 못 드니
바람 소리 높아지네
어두운 밤하늘 보니
멍든 가슴 더 커지오
마음 둘 이 없는 가슴
잠 못 드는 밤이라오
심장 소리 멈춰 보니
이내 가슴 더 타오
불태울 이 없는 가슴
잠 못 드는 밤이라오

절규

오
신이시여
정녕 날 버리시나이까?
기다림의 고통 언제까지 주시렵니까

신이시여
들리시나이까 처절한 절규가
보아도 보이지 않고
들어도 들리지 않는
이내 가슴은 다 타버렸습니다
이것이 숙명의 만남인가요

정

눈물도 가져가오
고통도 가져가오
이내 가슴 서러움을
모두 가져가오
몸만 가지 말고
정도 가져가오
이별 슬픔 사랑
모두 가져가오
이내 가슴 열었으니
모두 꺼내 가오

정적

온 세상이 텅 비었네
윙 하는 소리
머리를 스치네
정신은 간데없고
가슴은 쓰려 오네
마음은 답답하고
눈은 눈물로 흐려져
생각이 가득하네
가슴 속으로 흐르는 눈물
어느덧
고요한 바다가 되네….

친구

그리워도 그립다 하지 마라
그리움은 항상 있는 게지
세월이 지나간 만큼
쌓이는 게 그리움 아니던가

추억은 모두 그리움으로
변해 버린 걸 어쩌란 말이냐
누구는 아픔으로 어떤 이는 기쁨으로
남는 것이 아니더냐

가슴을 움켜잡고 아파해도 추억은
다시 꺼내 볼 수 있으니
그리움은 또한 행복한 미소로
남을 것이 아니더냐

침묵 속의 향기

님의 향기는 침묵 속에서도
가슴속으로 촉촉이 스며든다
찻잔의 커피 향에도
님의 향기가 배어들어
가슴속 깊이 젖어 온다
침묵 속에 스치는 님의 향기는
무아의 성으로 빠져들어
황홀한 마음을 갖게 한다
님의 향기 속에서
오늘도 나는 꿈을 꾼다

청춘은 가고

청춘의 뒤안길에 주름이 가고
세월은 빈자리에 상처만 남아
뜻도 없이 길도 없이 청춘은 가고
지나가고 흩어진 세월은
뒤엉킨 실타래처럼 풀 수 없어
어디론가 사라지려 해도
이어져 뒤엉킨 실타래를
끊을 수도 없어라….

추억

구름은 바람이 없어도
어디론가 흘러가는데
추억은 세월이 가도 더욱
아픔으로 밀려오고
바람이 불어도 흘러가지도 않네,
이별의 슬픔은
그대의 눈물처럼 쌓이고
추억의 아픔으로 버려진 날들,
사랑의 아픔은 두 눈에 가득 차 있네….

참사랑

참사랑은
뜨거운 눈물입니다
그 사람을 생각하면 그냥 눈물이
고이는 것입니다
우린 어머니란 말 한마디에
눈물이 글썽해지고 가슴속에서
뜨거운 눈물이 차오르는 것을 느낍니다

혹여 그 사람을 생각할 때
가슴이 따듯하지 않거나
눈물이 고이지 않으면
그 사람과의 사랑을 멈추어야 합니다
참사랑은 심장이 도리질하거나
가슴이 뜨거워지고 모든 것이
아름답게 보이는 것입니다

사랑이란 동정도 우정도 그렇다고
자존심도 아닙니다
그냥 참사랑은 다 내어주는 것이며
그 깊이와 진심을 헤아려 주는 것입니다
참 사랑은 그 사람의 행복을 위해
무던히 노력하는 것이고
눈물을 흘리면서도 웃는 것입니다

천년의 세월

천년의 세월은 얼마나 길까
그리움의 세월보다 길까
보고 싶어 기다리던 세월보다
아픔에 몸부림쳤던 세월보다
천년의 세월은 얼마나 길까
보고 싶어도 볼 수 없고
그리워 눈물 흘렸던 세월보다
천년의 세월은 얼마나 더 길까

청산

청산에 진달래 숨죽이고
잔인한 사월 웃으며 손짓하네
사랑도 꽃인 양 또 피어나면
순결한 향기로 다가올 것을
가슴에 한이 많아 숨을 멈춰도
온 길이 너무 멀어
돌아갈 수 없건마는
세월은 어느덧
잔설이 휘날리네

天上에 다시 없을 님이여

초겨울 밤 앙상한 나뭇가지 사이로
쏟아져 내리는 그리움이
가슴속 깊은 곳으로 파고든다
어느새 슬픔의 바다가 되어
죽음의 꽃을 피우고 있다
피맺힌 세월의 절규가 님을 부른다
님이여
天上에 다시없을 나의 님이여
님을 그리워하는 어두운 바다
황량한 내 빈 바다
님이여
그대만이 채우리라
오직 그대만이 빛을 밝히리라….

함께 걸어요

우리 함께 걸어요
사랑의 길을
설령 그 길이 돌아올 수 없는
고난의 길이라도
함께 걸어요
눈물 흩뿌려 젖은 길도
우리 함께 걸어요
손을 꼭 잡고
우리 웃으며 함께 가요

흩어진 날들

산산이 부서져
흩어진 날들
어둠 속에 밀려올 때
나는 무아지경의 수레바퀴를 돈다.
지나간 날들은 공수레 같구나
어차피 인생은 공수거인 것을
흩어진 날들을 어이 잡을꼬
가슴을 비워 내고 한세상
살아 볼까
흩어지지 않을 날들을 위하여

흙

소낙비 주르륵 얼굴을 적시네
빗물일까 눈물일까
서러움일까?
오늘이 내 인생 끝일까
시작일까

혼란한 이 마음 뉘 알아줄까?
나뭇잎 떨어져 가지만 남았으니
앙상한 가지는 뉘 볼까 어이하리
차라리 한 줌의 흙으로 돌아갈까?

호숫가에 나비는 날고

끝없이 넓은 호수
비단처럼 곱고 푸른 잔디 위에
짝 잃은 하얀 나비가 날고 있네
사뿐히 풀잎 위에 내려앉고
또 날고 이름 모를 풀꽃에 앉아
사랑 노래를 속삭이듯 나풀대다
또 나래를 편다
외로운 듯 홀로 나는 나비는
결코 외로워 보이지는 않았다
나비는 꽃을 찾고 꽃은 손짓하네
님이여 내게로 오라,
내 모든 것 님께 주리니, 내게로 오라…

허수아비

나이가 들면 허수아비가 된다
한곳만 바라보는 외로운
허수아비가 된다
비가 오나 눈이 오나 감정도 없는
허수아비가 되는 것이다

바람이 불어도 그냥 흔들리고
뜨거운 햇살에도
참아야 하는 허수아비가 된다
누가 날 찾아와도 덤덤해지는
그것이 바로 허수아비 아닌가

새소리 바람 소리 물소리 좋아도
외로운 이로 다가오고
달빛에 걸린 나뭇가지 소리도 외로움을 토해 낸다
귀뚜라미 울음소리는
더 가슴을 아프게 한다

허수아비는 항상 하나만 생각한다
가는 세월에 몸과 마음 기대어
외로움을 갖고 산다
나이 든 허수아비는 오늘도 하늘만 본다
허수아비는 항상 외롭다

파도의 마음을 아는가

어둠의 천사가
내려온 바다,
님 그리워 소리 내어 울고 있는 파도
파도는 님 그리워 모래 위를 더듬고
애타게 님을 향해 몸부림치고 있네,
그렇게도 밤새도록 그리워 우는
파도의 마음을 그대는 아는가

파도 1

그대 손을 잡고 달려왔네
말없이 달려왔네

아
얼마나 오늘 위해 있었던가
얼마나 큰 고통 속에 살아왔던가

저 멀리 수평선은 우릴 반겨 손짓하고
파도는 기쁨에 박수를 치고 있네

바람도 우리를 구름 위로 띄워 주고
모래밭은 마치 솜 방석 같구나

파도 2

살포시 안은 내 가슴은
그리움으로 떨고 있고

슬픈 빈 가슴은 어느덧
파도처럼 밀려간다

사랑의 거센 파도 춤을 춘다
님도 내 가슴에서 춤을 춘다
나도 춤춘다

꿈과 그리움

내가 살아온 날만큼 꿈도 많았고
만난 인연의 그리움도 많았다
세월의 풍파를 견디지 못하고
약해지는 가슴은
구름처럼 떠나가다
비처럼 내리기도 하고
태양의 온도만큼이나 뜨겁기도 하다

이제는 가슴이 무뎌져 어느 가슴 하나
안을 수도 없지만
바람 소리만 요란해도 알 수 없는 마음들이
가슴을 날카롭게 달려들어
어디론가 끌고 간다

외로움이 많던 시간들은 커다란 공간이 되고
풀벌레의 울음소리는 더욱 가슴이 애달프다
세월의 풍파를 이기지 못하고 가슴은 약해져
노을 지는 무렵이면 가슴에 바람이 분다

꿈속에서

꿈속에서 님을 만나
춤이나 추워 볼까
아픈 가슴 쓸어 주며
기대어 울어 볼까
내 가슴 님의 가슴
함께 울어 볼까
꿈속에서
행여 님 만나면
함께 웃어도 볼까?

딸의 눈물

아이의 눈물을 나는 보았네
아비의 마음을 헤아리는 딸
인형을 꼭 안고 눈물을 흘리네
천사같이 웃으며 돌아서며 하는 말
눈물을 하품이라 하네
가슴이 저려 오는 이 아픔
내 가슴도 울고 있네
아비 가슴에 슬픈 얼굴을 묻고
웃으면서 얼굴을 돌리는 딸
숨이 멎는 고통을 느껴 보았네

꿈

긴 꿈이었나 지나온 순간들
언제 어디서부터인가
진정 꿈이었나
돌이킬 수 없네
차라리 꿈이었으면
허공을 맴도는 나의 영혼
어찌 잡아 둘까
영혼아 못난 내 영혼아
정말 꿈이었으면….

꽃의 찬가

꽃은 바람에 흔들리고
달빛은 강물에 흔들리네
내 마음은 님의 가슴속을 헤매
흐를 줄 모르네….

밤은 깊고 달은 밝으니
꽃들은 노래하고 춤을 춘다
꽃은 춤을 추며 손짓한다
바람에 흔들리는 꽃들은 갈망한다

애처롭게 손을 흔들며 부른다
내 가슴으로 오라고 몸부림친다
내 빈 가슴으로 채워 오라
영원히 내 너를 안으리
엄동설한에 나 쓰러져 죽어도
너를 보듬어 안고 죽으리
찬란한 꽃의 찬가를 부르리

짝 잃은 새

마른 가지 나무 사이로
달빛이 흐른다
바람 부는 가지에 짝 잃은 새 한 마리
짝을 그린다

이제 바람을 가려 줄 잎도 없는데
차가운 대지에 풀잎도 없고
적막한 허공에 아무 소리도 없네

짝 잃은 새의 울음소리뿐
하얀 달빛만이 그리움을 알리라
짝 잃은 가슴을 알리니
너 없는 어둠은 싫다

오늘도 어둠 속에서 너를 그린다

사람은 누구나 가슴에 강을 안고 산다
그리움의 강, 슬픔의 강, 기쁨의 강
때론 흐르기도 하지만 떠나보내지 못하는
한이 서려 있는 강도 있다
우리는 살면서 수많은 사람과 만나고 헤어진다
헤어짐은 항상 가슴 아프고 슬픈 일이다
기쁘게 헤어지는 일은 없다
시를 쓴다는 것은 어찌 보면 가슴에서 강물을 퍼내는 것이다
그만큼 그리움의 가슴이 넘쳐 있다는 것은
사랑이 남아 있음이다
사랑은 아주 건강한 것이며 행복한 것이다
가슴에 강물이 흐르고 사랑할 수 있다면
모두 건강하리라 믿는다
시인의 가슴엔 항상 그리움의 강이 흐른다